FATHER'S BOOTS
AZHÉ'É BIKÉNIDOOTS'OSII

Written and Illustrated by
Baje Whitethorne Sr.

Navajo Translation
Darlene Redhair

Navajo Editing
Marvin Yellowhair

English Editing
Jerrold T. Johnson

SALINA BOOKSHELF, INC.
FLAGSTAFF, ARIZONA 86001

Library of Congress Cataloging-in-Publication Data
Whitethorne, Baje Sr.
    Father's boots = Azhé'é bikénidoots'osii / written and illustrated by Baje Whitethorne Sr. ;
Navajo translation, Darlene Redhair ; Navajo editing, Marvin Yellowhair ; English editing, Jerrold T. Johnson.— 1st ed.
    p.   cm.
    English and Navajo.
    Summary; In this story, told in both English and Navajo,
three Navajo brothers learn from their grandmother stories
about the creation of the earth.
ISBN 1-893354-29-6 cloth; alk. paper). —
    [1. Navajo Indians — Juvenile fiction. 2. Indians of North America — Southwest, New — Fiction.
3. Grandmothers — Fiction. 4. Storytelling — Fiction. 5. Brothers — Fiction.
6. Navajo language materials — Bilingual.] I. Title: Azhé'é bikénidoots'osii.
II. Title.
PZ90.N38 W45 2001
[Fic] — dc21

                                                        2001049778
                                                             CIP

First Edition, First Printing

07 06 05 04 03 02 01 10 9 8 7 6 5 4 3 2 1

This book was typeset in:
Navajo Text: Laser Yukon/ English Text: Times Roman
Cover Text: Celestia Antiqua and Trajan
Cover Flap: Nueva
Prepress work preformed by CMYK Digital in Phoenix, Arizona.
Layout and design by: Kenneth Lockard

Printed in Hong Kong.

Salina Bookshelf, Inc.
Flagstaff, Arizona 86001

Dedicated to my maternal and paternal grandparents who shared their stories with my brothers and sisters and myself. These stories help me live my culture today.

— Baje Whitethorne, Sr.

Łah haigo abínigo, ashiiké t'ááła' hάájéé' tάlt'éego hooghan nímazí naaki sinilgo yii'
dabighan jíní. Ła' hooghan éí bimά bighango éí yił yii' dabighan. Ła'ígíí bimάsάní bighan.
Bimάsάní bighanjí éí ahínά'iildah dόό da'adά bił nάhoo'aahgo t'éiiyά yaa nάkah. Chizh yά
ahideiidilne'go ałdό' yaa nάkah άko mάsάní doo yidlόoh da.

Early one winter morning, as the sun rose slowly, there were three young
brothers who lived in two different hogans. One hogan belonged to their mother,
with whom they lived, and the other was their grandmother's. They would go to
their grandmother's hogan for holiday celebrations and to chop wood for her, so she
would stay warm.

Másání éí hane' danineezígíí dóó doo bíhoneedlínígíí t'éiiyá yaa hanáhodínílnih łeh, éí biniinaa ashiiké bimásání yił naháaztą́ago doo yídadínéelnáa da. Tł'éé'go háadisį́į yoołkáálgo' halne'go biniina ashiiké ch'eeh da'iiłháash łeh. Ámá éí be'ashiiké ał'ą́ą át'éego ádaat'éii dóó ádaat'įłgíí ayóo bił bééhózin. Ałą́ąjį'ígíí Łíiosnééz éí ayóo énálniih, ákót'ée nidi bimásání bahane' danineez dóó doo bíhoneedlį'í da, nízin. Ata' góne' naagháhígíí Lináadootsoh éí ayóo nitsíkees dóó t'áadoo aanídí naaghá, éí ałdó' bimásaní bahane' doo ayóo yíneedlį'í da. Akée'di naagháhígíí Lénood Yázhí éí t'áá ałtsoní doo ch'ééh ííłį́į da, éí bimásání bahane' ííłį́įgo ya nitsíkees dóó biniyéii bee nihił hane' nízin. Ákót'ée nidi ałdó' hane' doo ayóó yíneedlį́į da.

The boys didn't like to go to grandmother's hogan because she told long, boring stories, especially late at night, while the three boys tried to sleep. The mother of these boys saw that each one had a very different personality. The eldest, Tall Leo, was very good at remembering things, but still found his grandmother's stories long and boring. The middle brother, Big Leonardo, had the ability to think, he took things seriously, but agreed with his older brother about grandmother's stories. The youngest, Little Leonard, was a go-getter, and he saw meaning and value in Grandmother's stories. But even he still thought they were boring.

Łah haigo deesk'aaz abínígo bimá, Máiilin, biyáázh ałą́ąjį'ígíí ííłí, "Líiosnééz, shiyáázh t'áashxǫǫdí didíłjeeh dóó ahwééh biniiyé tó ła' dahsi'aah."

Ashiiké beeldléí yee daazilgo shijéé'. Ashiiké akéédóó naa'aashígíí bínaaí nídidoo'nah nízingo náás dahyííł. "T'áá át'é ch'éédaasdzid léi' yádaalti', " nízin Líiosnééz áádóó, "Shí yee' tł'éédą́ą' chizh yah ííjaa' dóó tó yah íííką́. Lénood Yázhí ni k'ad nááná," díiniid.

Lináadootsoh bidiizts'ą́ą'go ání, "Doo shił bééhózin da."

Lénood Yázhí bínaaí ííłní, "Nídiidááh, shí yee' t'áá'íídą́ą' tłéédą́ą' i'iishłaa. Ni yee' naanááhoolzhiizh."

Hadaazyolii' t'áá ałtso tsésk'eh yii'dóó nídiijéé', bimá ałdó'. Ch'iyáán ayóo łikan halchingo Másání éí ahwééh yiniyé yílwod, dóó ashiiké éí ólta'góó yiniyé hasht'e' áda'dilnééh. Máiilin éí be'ashiiké ólta'déę' nánojée'go Másání Sáalii bighanjí nahísóotą́ądooleel náánéiidoo'niid.

On this cold winter morning, the boy's mother, Maylyn, called to her eldest boy. She said, "Please Tall Leo my son, could you start a fire and put some water on for coffee?"

The boys were warm under their blankets. The younger brothers pushed the eldest brother to get up. "They're all awake and talking," Tall Leo said to himself. "Didn't I bring in some wood and water last night? It's your turn, Little Leonard."

Big Leonardo overheard him and said, "I don't know if you brought in wood and water last night."

Little Leonard said, "Get up, I already did it last night. It's your turn."

With a sigh, they all got up from their beds, including mother. The breakfast smelled good, and Grandma Sally came over for her coffee while the boys got ready for school. Maylyn reminded her sons that they were staying at Grandma Sally's after school.

Ashiiké t'óó da'ahinéél'įį'. "Yáadilá, hane' nineezí nááná lá," daniizįį'. Chidíłtsooí yich'į' yijahgo Łíiosnééz ání, "Sodizin ályaagi shįį náádadidiits'įįł. Nineez dóó doo bínáá honeedlįį da dooleel," ní. Bitsilí ałdó' t'áá'áłah, góne' ch'íjeehgo éí chidíłtsooí bidáahjį' áyídí. Ákóne' anít'i' yighá níjéé' dóó ts'ídá chidíłtsooí bǎ niiltłahgo áajį' ch'íníjée'ii iih yíjéé'.

The brothers looked at one another and thought, "Oh, long, boring stories again." As they ran to the bus, Tall Leo mentioned that they would probably hear *A Prayer for Creation* that afternoon from Grandma Sally- Boring. The other brothers agreed wholeheartedly. The brothers saw the hole in the fence, a short cut to the bus stop. They went through the fence just in time to catch the bus.

On the way to school, Little
Leonard mentioned how he had asked
for a blessing, earlier in the morning, before
dawn. Tall Leo wanted to know how he did it.
"Wasn't it cold?" he asked.

Little Leonard said, "Yes, it was very cold, but I really
needed to do it. Father has been gone for weeks. Mother showed
me the white and yellow cornmeal a few days ago, and that's when I
decided to ask for a blessing. I asked our father to return home from work, so
that he could be with us during Christmas. See, here's some of the yellow cornmeal
that I am going to use this evening after father returns home safely".

The boy's father, Big Leonard, worked for the railroad. When he came home he always
took his boots off just outside the door and left them there overnight. This was how Maylin and
her sons knew that he was home.

Chidíłtsooí yíí' dah naháaztáágo
Lénood Yázhí, hayííłkáádáá'
náá'ayáłnii' níigo bił hoolne'.
Łíiosnééz éí, shitsilí lá haiit'éego
i'iilaa lá, nízingo, "Dooísh deesk'aaz
da, lá?" níigo neiídéélkid.

Lénood Yázhí, "Aoo' ayóo
deesk'aaz ndi táá ííyisíí íinisingo
sodeeszin. Nihizhé'é t'áadoo nádáhí
díkwíísíí damóo azlíí'. Díkwíí
yiskánídáá' éí shimá naadá'álgaii
dóó naadá'áłtsoi di'niłgi shił ííshjááh
áyiilaa, éí bik'ehgo sodideeszííł
niizíí'. Nihizhé'é nida'anishdéé' nihaa
nídoodááł, áko bił Késhmish
da'diidleeł, díiniid, Kóó, naadá' áłtsoi
ła' nół, díí i'íí'áago nínááhideeshnih,
áko nihizhé'é t'áado át'éhígóó nihaa
nádzáa doleeł," ní.

Ashiiké bizhé'é, Lénoodtsoh,
béésh nít'i'di naalnish. Lénoodtsoh
niháahádáahgo t'áá níléí tl'óó'déé'
sinilgo yilkááh. Kénidoots'osii
tl'óó'góó sinilgo azhé'é nádzáhígíí
bee bééhózin leh.

Ashiiké éí bimásání bahane' yaa yádaałti'go ólta'di bił ílwod. Hane' ayóo bił béédahózingo yee ádaa ádahononiidzíí. Ólta' ch'é'étiingi bá'ólta'í, Hastiin Ch'ahii, kóíłnéezgo sizí. Áłchíní yist'éí bíká ałkéé' doht'ééh yiłníigo yísí. Ákwe'é ashiiké akéé' deiizí.Ałkéé' yikahgo Líiosnééz ání, "Kóhoot'éédą́ą́' shą́' yiską́ą́go Késhmishgo łahjí hooghan nímazí bii' Másání Sáalii, Diyin Dine'é yee nihił hoolne'ę́ę́?"

The brothers talked about Grandma Sally's stories all the way to school. They were surprised that they knew the stories so well. At the front door of their school, their teacher, Mr. Hat, stood tall. He quickly directed the students to form a line for morning snacks. The boys stood in line behind one another and waited in front of Mr. Hat. As they shuffled along the line, Tall Leo said, "Remember last Christmas Eve, when we stayed in the other Hogan and Grandma Sally told us about the Holy People?"

Línáadootsoh bínaaí haadzí'ígíí yaa nitsízkééz dóó, "Aoo' Másaní nihił hoolne'éę shił bééhózin. Díigi át'éego yaa halne' ...díí ts'ídá ałk'idą́ą́', lą'í nááhaaídą́ą́', ałk'idą́ą́', Diyin Dine'é nahasdzáán ádeiilyaa, Áko, Nizhónígo nahasdzáán ádeiilyaa, daaní. Nahasdzáán bikáa'gi shash yáázh dóóatsá yáázh ałtsé niilyá... Diyin Dine'é bíla' ashdla'ii ałdo' hódooleełgo yaa tsídadeezkééz."

Bitsilíké ałdo' hane' bił bééhózin. Áko, "Aoo' yee nihił hoolne'éę bénéiilniih, hane' yá'át'éehii át'e'," ní. Aadóó Lénood Yázhí hanááhoolne',

"Nahasdzáán bíkáá' hadahodilyaago doo naagháhí da, dóó neest'ą́ t'óó ahayóo hólǫǫgo t'óó ahayóo hólǫǫgo t'áadoo óyizhí da. Bíla' asdla'ii t'áála'í ndi doo la' ákwii naagháa da. Áko Diyin Dine'é Átsé Hastiin dóó Átsé Asdzą́ą́ ádayiilaah...."

Líiosnééz éí hane' t'áá' idą́ą́' t'óó ahayóiidi néiidiizts'ą́ago biniinaa Másání bahane' doo bíhoneedlį́į da nízin. Áko kodigo éí bitsilíké díí hane'eę ałdó' bee bił hane'go ayóo yíneedlį́įgo yaa ákonizį́į'. Azhą́ t'áá t'ált'éego hane' doo bíhoneedlį́į bee nihił náhánih, daanígo yee la'í daazlį́į.

Líiosnééz hanááhoolne'," Másání hane' yaa halne'go éí....t'áá háiida t'áá ha'át'ííshį́į yinízingo éí. yinízinígíí t'óó yídóokiłii' aadóó bílák'e doolyééł. Áko Diyin Dine'é bíla' ashdla'ii łah dilt'éhígo kót'éego adókeed, níigo yił dahoolne'...."

Línáadootsoh bínaaí yínééł'į́į' dóó ání, "Aoo' Másáí bahane' deezt'i'dóó shił bééhózin... kóníi łeh, "Ha'a'aah, ha'a'aah biyaadóó, jóhonaa'éí hanádáhídoo Diyin Dine'é kééhat'į́. Kǫ́ǫ́, Shimá Nahasdzáán, naadą́'álgaii nichį́' dishnííl. Hózhǫ́ǫdoogo ádíshní dóó t'áá ałtsogo hózhǫ́ǫgo...."

Lénood Yázhí ílį́į go ádaa tsídeezkééz, ako kwe'é hane'ígíí ałdo' bił bééhózingo ání, "Aadóó ání łeh....Sis naajiní ałą́ąj į' nich'į' sodiszin, aadóó Yoołgaii Asdzą́ą́, dóó daan. Aadóó ałtsé hazlį́į'ii, aadóó Átsé Hastiin dóó Átsé Asdzą́ą́....Aadóó t'ááko ániih,.... Díí t'áá ałtso bee nich'į' sodiszin...Kodóó nihinitsíkees hahíílá, díí t'áá ałtso bee nihitah yá'adahoot'ééh, bee nihił dahózhó, dóó baa ahééh daniidzin."

Big Leonardo was thinking about what his brother had said, "Yeah, I know how Grandmother told that story. It was like this, I think… Long, long, long, long ago, when the Holy People created the earth, from the center of the universe. They said 'We have created a perfect world.' The first born in this world were a Bear cub and an eaglet… The Holy Ones saw a need for five-fingered individuals."

The other brothers also knew this story. They said "Yeah, we remember what she told us and it was great."

Then Little Leonard took a turn telling the story, "There was no one to enjoy their creation, and there was no one to harvest the fruits of this world. There were no five-fingered individuals in this world. So, the Holy People made First Man and First Woman…"

Tall Leo always found Grandma Sally's stories boring because he had heard them so many times before. Now that his younger brothers were being told these stories as well, he realized that his brothers had really taken an interest, even though they all still agreed that the stories were boring.

Tall Leo began, "In Grandma's story, she talks about how… if a person were in need of something, all he had to do was ask and it would be granted. The Holy People told the five-fingered individuals how to ask for what was needed…"

Big Leonardo looked up at his older brother and said, "Yes, I know how Grandmother began her story. She said 'East… there beneath the sunrise, where the sun actually rises, live the Holy Ones. Here, Mother Earth, is the white cornmeal for this day. I ask for a blessing, and beauty all around…'."

Little Leonard filled with pride, as he also knew this part, and he added, "And next she says… 'I pray to Blanca Peak, then White Shell Woman, and then spring. Then, the First Born, and then First Man and First Woman'. Then she would always say, "With all of this I ask for my blessing, this is where our thinking begins, and with all of this we feel good, happy, and thankful."

ZÍL, ZÍL, ZÍL, Nida'a'né biniyé adiists'ą́ą́. Lénood Yázhí ałk'ésdisí chxǫ'í ła' biza'azis shijaa' léi' bínaaí dóó bik'is yich'į' hayíijaa'.

Líiosnééz dóó Lináadootsoh bitsilí ałk'ésdisí hayíijaa'go íílní, "T'ą́ąsh yá'át'ééh Ałk'idą́ą́' niza'azis shijaa' nít'éé' nahalin." "Naashjaahgo damóo azlį́į́'. Beiisénah ńt'éé' léi', shiza'azis bitł'áahdi shijaa' lá," níigo Lénood Yázhi ałk'ésdisí ła' ázayoolne'. "Mmmmm, t'ahdii łikan lá," ní.

Ałk'ésdisí yąah deiiłdéehgo, Liáadootsoh áni, "Másání lá ha'át'íí ałdo' níigo halne' nít'éé'?"

Líiosnééz yidlohgo áni, "Yá, Yádiłhił, Tł'éhonaa'ei, Hózhǫ. Nich'į' sonáádíszin...níi łeh...Tó, kǫ' nanise', dį́į́'go ał'ą́ą́ ánáhoo'níiłii, bijáád dį́į́'go yee naaldeehii, naat'agii..." Kónízahjį' hanáánáádzíi'go Líiosnééz tsídeezkééz, "Díí hane' doo naaki nilį́į́go shił bééhózin dóó bik'i'dishtį̨įh. Ayóo bíhoneedlį́," niizį́į́.

Aadóó "Díí t'áá ałtso bee shitah yá'áhoot'ééh, shił hózhǫ, dóó baa ahééh nisin. Díí t'áá ałtso bee shik'éí yá'át'éehgo nitsídaakees dooleel, bitah yá'ádahoot'ééh dooleel, saad yá'át'éehii yee ałch'i' yálti' dóó ahídadínéelnáa dooleel ..." Líiosnééz niiltłah dóó yistih.

RING! RING! RING! The first recess bell of the day started to ring. As he walked outside, Little Leonard found some dirty candy in his pocket, and he shared it with his brothers and friends. Tall Leo and Big Leonardo saw the candy in Little Leonard's hands and asked, "Are they still good? They look like they've been in your pocket for quite some time." Little Leonard answered, "They have, but just since last week. I forgot all about them until I found them again in my jacket. They were all the way in the bottom of my pocket." He popped one into his mouth. "But, they're still good, mmmmm".

While cleaning their candy, Big Leonardo asked, "What else did Grand-mother say in her story?"

"Let me see here," said Tall Leo with a smile. "Sky, Dark Universe, Moon Beauty. Again I pray… Water, fire, vegetation, the four seasons, the four-legged creature, the flying ones with wings…"

As he said this, Tall Leo thought to himself, "I know this story by heart and understand it. It is really interesting. He continued, "With all of this I feel good, happy, and thankful. With all of this I ask my family to have good thoughts, good feelings, to get along, and to have happy words for one another," Tall Leo stopped and hesitated.

Lénood Yázhí hanáánáádzíí', "Kwe'é éí k'é yee haadzih.... Shimásání dóó shicheii. Díí bee shitah yá'ahoot'ééh, shił hózhǫ́, dóó ahéhee'. Shimá bimá dóó bizhé'é, shimá dóó ba'ałchíní. Aadóó shitsóóké t'áá ałtso. Shizhé'é bimá dóó ba'ałchíní t'áá ałtso. Shínaaí aláąjí nilínígíí, shínaaí t'áá ałtso, dóó shitsilíké t'áá ałtso. Bé'esdzą́ą́, ba'ałchíní, bitsóóké, dóó binálíké t'áá ałtso ...Áádóó Másání ání ... Díí t'áá ałtso bee shitah yá'áhot'ééh, baa shił hózhǫ́, dóó baa ahééh nisin." Áádóó Lénood Yázhí nináánáltłah.

Little Leonard jumped in, "This is where she addresses her ancestors… 'My Grandparents from my Mother's side. With this I feel good, happy and thankful. My Mother's parents, my mother, and her siblings. Then all the great grandchildren. My Father and his parents and his siblings. My eldest brother, then all the other brothers, and the ones younger than I. All the wives, children, and grandchildren…' Then Grandmother says… 'With all of this I feel, good, happy, and thankful'." The youngest brother stopped.

Big Leonardo
helped out, continuing, "Oh,
I remember this part, when Grand-
mother would say, 'May what goals they
have in their lives, friends, education, jobs, and
family come true. With this I pray and say, my Holy
Ones, please grant my needs and blessings today. I kneel
before you facing East…'."
        RING! The bell rang, interrupting the brothers right in the middle
                of their story. The first recess was over, and the boys were
                        still standing outside.

Lináadootsoh ałdó' haadzíí', "Shí éí díí bénáshiih, Másání
ánii łeh … Be'iina' yee ádeiiléhígíí bee bik'iizhdíídliił,
dabik'is, be'ólta', naanish t'áá ałtso yá'át'éehgo bee bił
nááház'áą doo. Shidiyin Dine'é nohłíinii díí bíká
hajooba' íinisiníí bee nihik'i jidlíile'. Ha'a'aahjigo
nich'į nitsidíníshgo…."
        ZÍLL! Náádiists'áą, ashiiké ahił
dahalne'ęę, k'ad yah aníjíjeeh lá. Ałtso
nidajizne' áłchíní yah
anáhájeehgo ashiiké
t'ahdii t'áá ákwii
nazį.

Hastiin Ch'ahii ch'é'étiindóó bich'į' hadoolghaazh, "Ashiiké ólta' góne' yaah anájeeh! Ida'nooyą́ą'go shį́į́h altso ahil nidahodoolnih," bidíiniid.

Ólta' góne' k'adę́ę altso naanish ííléehgo Líiosnééz hane' yaa tsíníkééz. Másání Sáalii bahane' ayóo dílzin dóó ílį́igo yaa ákoniizį́į́. Saad naach'ąąhgo k'os baa hane'ę́ę yénáalnii', shitsilíké' bee bil hodeeshnih nízin.

ZÍLL! Náádiists'ą́ą' táadi alkéé', da'adá biniyé náá'diists'ą́ą'.

Mr. Hat stood in the doorway and yelled, "You boys better get back to class! You can finish whatever you are talking about at lunch time!"

Later, while finishing some schoolwork in class, Tall Leo realized the true importance and value of Grandma Sally's story. He was reminded of a poem about clouds, which he tried to remember, so that he could share it with his younger brothers.

RING! The bell sounded three times for lunch.

Da' adání góne' ashiiké ahínéjikahígi ahínáánéiikai. T'áá áłahjį' t'áá łahígi dah nídinibįįhgo nída'adííh, Áko t'áadoo da'iidání áłtsé ałtso ahił dahodiiłnih dadíiniid.

Líiosnééz tsxį́į́łgo t'áá áłts'ísígo i'íílna'ii' ání, K'adéę da'adą́ biniyé adiits'įhéędą́ą́' Másání shił hoolne'ęę béná́áshnii'. Éí saad naach'ąąh k'ehgo k'os yaa hoolne', nidi díí hane' bee ahił dahwiilne'ígi át'éego ílį́įgo baa nitsískees."

Áko lá Lináadootsoh dóó Lénood Yázhí ayóo yínéésdlį́įdii' t'áá ałąąh, "Ákolá bee nihił hólne," díiniid.

The brothers all gathered at their usual spot in the cafeteria. But before they started eating their food, they decided to finish Grandmother's story.

Tall Leo hurried to eat a little bit, and said, "Just before the lunch bell rang, I remembered a story Grandma Sally told me about clouds. The story is like a poem, and its meaning is also important, just like our story." Both Big Leonardo and Little Leonard expressed interest at the same time, "Well, tell us. How does this poem go?"

Líiosnééz ni' ádzaa dóó ch'iyáán ła' yiyííyáá', Áko t'ah nít'éé'
áłchíní binaa dah naháaztánée t'áá át'é dabíists'ąą'go yaa ákoniizíį'.
Aadóó i'íílna'ii' hanááhoolne'.

"T'ááshxǫǫdí shidiyin, niłtsą́ bee shaajiinohba'. Bee t'áá ałtsogo
nínáádahwiidootsoh, bee dá'ák'ehgóó nínáá'dínóot'įįł. Hózǫ́ǫ dooleeł
t'áá díígoo, díí ał'ąą ánáhoo'nííł biyí', t'áá ałtsoji' yá'ałníí'jį', yádiłhił
dóó ya'ąąshjį'..."

Tall Leo paused to eat some of his lunch, and then noticed that all the kids eating at their lunch table were listening to his story. He swallowed his food and continued, "Please, my Holy Ones, may you bless me with rain for my crops, with animals, vegetation for food, beauty, the four directions, four balanced seasons, the winds, all life, from the center of the earth to the top, and to the darkness of the universe to the heavens…"

Bínaaí biyaats'iin yiyiiłtsood dóó niilch'iilii' ání,

K'os t'ááłá'í dah yilts'i'
Díí k'os haachah
Binák'eeshto' nahasdzáán bikáa'jį' nanidah
Díí k'os haachah
Binák'eeshto' nahasdzáán bikáa'jį' nanidah
Díí nák'eesto'yee
Nálzhoh dóó yidlįį', yee bi'dilzhįį', yee bi'dilzįįh.

Ashiiké bínaaí nizhónigo saad naach'ąąh yee haadzíí' Ayóo yíneedlį
dóó ts'ídá íłįįgo yaa nitsíkeesgo hane' yee bił halne'go yaa ákonízin.
Doo nidi yich'į' ni' nilįįgo t'áadoo aanídí bił halne', áko ałtso baa
hólne' yidíiniid. T'óó níísíilts'ąą'go nihił hólne', dóó ła' baa nááhólne'
yídíiniid. K'ad éí Líiosnééz bahane' daazl įį' , hane' ayóo bił bééholzin
éí biniinaa.
    Lináadootsoh, "Shínaaí, hane' ałtso bee nihił hólne," ní.
    Lénood Yázhí ałdo, "Aoo', ałtso bee nihił hóhne' Másání éí kwii
holnihgo t'óó da'iilwosh łeh," ní.
    Aadóó Líiosnééz nááhálne' "Másání bahané akée'di shijaa'ígíí éí...
Naadą'áłgii kǫǫdí nihich" dishnííł, nihiyeel nihááshłééh Diyin
Dine'é. Díí bee shits'íístah yá'áhoot'ééh, shikétł'ááh dóó níléí
shitsiit'áahjį. Ahéhee', díí bee yá'át'éehgo yánáánáshti' dooleel".

The eldest brother put his hands to his chin,
and closed his eyes. He said,

A single cloud forms in the sky
This cloud would cry
Tears fall to Mother Earth's crust
With this drop of Tear
She is blessed,
Moistened,
And nourished

As Tall Leo finished his poem, the younger brothers noticed that
their older brother was really enjoying retelling Grandma Sally's
stories. They were surprised by his seriousness and willingness to
share his knowledge. So, they decided to let him finish his story.
They were now ready to listen and learn more of Grandma Sally's
stories. The story really became Tall Leo's, because he knew it
so well.
    Big Leonardo asked, "Hey big brother, can you finish telling
your story?"
    Little Leonard chimed in, "Yeah, finish it, because we're usually
asleep then Grandma Sally when gets to this part."
    Tall Leo agreed, and continued, "The last part goes like this,
'White cornmeal is here, my hands to give, your nourishment it is
Holy Ones. With this my body feels good from the bottom of my
feet to the top of my head. I'm thankful, with this I have good
thoughts all around me, with this I may speak with good words for
all around me, and I will express myself well'."

Alní'ní'áádóó bik'iji náá'ólta'go, Líiosnééz íínízin, "Hane' baa' hashne'
ayóo yiishchįįh séłįį', dóó bee shitah yá'áhoot'ééh?"

"Nida'shooch'ąą'ígíí ahanidahojááh" ní Hastiin Ch'ahii. Ashiike altso
ahaniníjéé', ndi doo yálti'í da. Áko Líiosnééz altso hodeeshnih niizįį'.
"Másání Sálii éí díigii át'éego nihalnih ne' " nízin.

"Díí bee shitah yá'áhoot'ééh, shił hózhǫ́, dóó ayóo baa ahééh nisin...
t'áá altsojį' hózhóní, t'áá altsojį' hózhóní, t'áá altsojį' hózhóní t'áá altsojį'
hózhóní...díįdi yee ániih, dóó shí éí kwé'é hoołnihgo ashosh leh. Náádaala'
hane' aldó' t'áá díigi ádanílnéezgo yaa halne'." Líiosnééz na'azhch'ąą'ígí
neiidiił'tsooz. "T'áá ákót'éhí " ní.

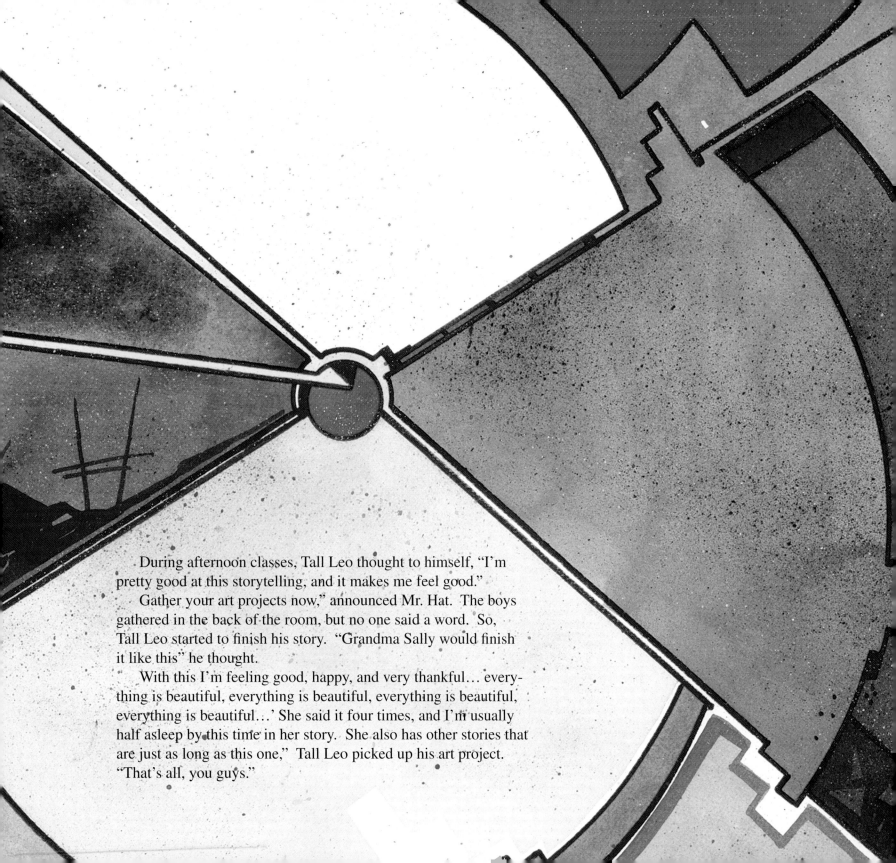

During afternoon classes, Tall Leo thought to himself, "I'm pretty good at this storytelling, and it makes me feel good."

"Gather your art projects now," announced Mr. Hat. The boys gathered in the back of the room, but no one said a word. So, Tall Leo started to finish his story. "Grandma Sally would finish it like this" he thought.

"With this I'm feeling good, happy, and very thankful… everything is beautiful, everything is beautiful, everything is beautiful, everything is beautiful…' She said it four times, and I'm usually half asleep by this time in her story. She also has other stories that are just as long as this one," Tall Leo picked up his art project. "That's all, you guys."

Ashiiké hailkááhdą́ą́' Diyin Dine'é bich'i' náá'iiniihígí ayóo iį́į́go yaa ákoniiziį́į́'. K'adę́ę́ ałtso ni'íltáahgo, Lénood Yázhí bizhé'é Késhmish yiniyé nihaa nídoodáál, níigo yá sodoolzinée yaa tsínáádadeezkééz. Ashiiké éí díijį́ ayóo hózhǫ́ǫ bik'i da'ooz'ą́.

ZÍL, ZÍL, ZÍL, náánéiists'ą́ą́'. Bá'ólta'í, "Nihinaa hast'éé dahodlééh dóó ts'iilzéí nídahołááh," ní. "Nihinaanish baa dayoohnééh lágo, nihimá dóó nihizhé'é bá nida'shooch'ąą'ą́ą ałdo'. Nizhónígo Késhmish da'doołeeł dóó nizhónígo nihee nídadoohah," ní.

The three brothers each thought about the story. They now knew that expressing their needs to the Holy Ones before dawn was very important. As the day drew to a close, they were reminded of Little Leonard's need to see their father return home for Christmas. This was an exciting day for all the brothers.

RING! "That's the final bell!" their teacher said, "Clean up anything around your desks and throw away your trash. Be sure not to forget your homework and artwork to show to your parents. Have a very good Christmas and a Happy New Year."

Áłchíní ayóo bił dahózhóogo hááhgóshį́į́h hahóół'áago chidiłtsooí yiih náhájeeh. Ayóí íits'a'go anídaadoh, ła' dah nidahat'e' dóó nida'ahi'nil, dóó ałch'į̗' dadilwosh. "Yá'át'ééh Késhmish!", da'ahidi'ní. Áłchíní t'áá ałtso bighangóó bik'éí yich'į̗' nídadeeskai. Ashiiké tát'áo ałdó' iih náájéé'. Hooghangóó náákahgo, Másání bighandi díníijah daaní. Hane' ániidígíí ła' yee nihił nááhodoolnih danízin. K'ad éí t'áá bínaháátaągo nihił halne' dooleel, doo da'iidiilwosh da, dadíiniid. Líiosnééz atiingóó déezį́į́'go ii' dah sidáá nít'éé' ání, "T'áá nániikaaí tsxį́į́łgo Má dóó Másání bá tó yah adahidiikáál, dóó chizh yah adahidiijih." "Shooh nílahgóó anít'i' bigha' hoodzánée!", náádoo'niid.

All of the students headed for their buses, jumping with joy and yelling, "Happy Holidays!" to one another. These holidays were to be spent at home with their families. The three brothers boarded their bus for home. On the way, they talked about spending the night at Grandma Sally's hogan, and what new story she would have for them. This time, they would be sure to stay up and listen to her long, long story. Grandma Sally still told long stories, but they were not boring to any of the brothers anymore. As Tall Leo sat looking down the road, he said to his brothers, "Remember to bring some wood and water in for mother and grandmother tonight as soon as we get home. Hey! I see the hole in the fence!"

Ashiiké anít'i' bighá hoodzánígíí dayiiłtsá, ts'ídá ákohgo chidiłtsooí niiltłáád biniyé diniitłóó'. K'adee hooghandi nákáahgo ashiiké
bił dahózhóogo daadloh. Ts'ídá chidiłtsooí niitłáadgo Líiosnééz ǎní, "Naadą'áłtsoi nááhidoonihígíí baa yóónééh," ní. "Ałtse, nihizhé'é
daats'í nádzá. Áko íinda ahééh nisingo sodideeszįįł," ní Lénood Yázhí.

    Chidiłtsooí niitłah dóó ashiiké adah dadiijéé'ii' anít'i' yighánáníjéé'. Níléí bighan yich' i' ałghadeeskai, dóó hókąą léi'ji' haashjéé'.

    The three brothers could all see the hole in the fence, and as the bus neared, it drew to a stop in front of it. They all knew
they were close to home and smiled. Just before the bus slowed to a stop, Big Leonardo said, "Don't forget the yellow cornmeal
to give thanks."

    Little Leonard told him, "Fine, but let's see if Dad is home first. Then, I'll give thanks for the blessing we received,"

    The bus stopped and the boys hopped off and ran through the hole in the fence. They raced toward their hogan, and as they reached
the top of the hill, they saw something outside the hogan.

Níléí hooghangóó dadéé'íí', ńt'éé' kénidoots'osii ániidí léi' tł'óó'góó sinilgo dayiiłtsá.
Eí bizhé'é bikénidoots'osii.

They came upon a new pair of boots sitting outside the door.
They were father's boots.